따라쟁이

따라쟁이

발행일	2016년 10월 10일		
지은이	진 아 난 | 그린이 오 서 빈		
펴낸이	손 형 국		
펴낸곳	(주)북랩		
편집인	선일영	편집	이종무, 권유선, 김송이, 안은찬
디자인	이현수, 김민하, 이정아, 한수희	제작	박기성, 황동현, 구성우, 양수연
마케팅	김회란, 박진관		
출판등록	2004. 12. 1(제2012-000051호)		
주소	서울시 금천구 가산디지털 1로 168, 우림라이온스밸리 B동 B113, 114호		
홈페이지	www.book.co.kr		
전화번호	(02)2026-5777	팩스	(02)2026-5747

ISBN   979-11-5987-225-9 03810(종이책)   979-11-5987-226-6 05810(전자책)

시로 읽는 따뜻한 동화

따라쟁이

북랩 book Lab

For everyone

차 례

따라쟁이

큰스님과 동자승이
그루터기에 걸터앉아
해바라기 한다.

큰스님이 턱을 괴니
동자승도 턱을 괸다.

큰스님이 봄 하늘 우러르니
동자승도 흐 우러른다.

"이놈, 왜 따라 하는고?"
"전 하늘 안 봤어요. 큰스님 봤어요!"

––––––––––

해바라기: 추울 때 양지바른 곳에 나와 햇볕을 쬐는 일.

산행

큰스님과 동자승이
헌 신발로 갈아 신고
봄 산행 간다.

큰스님이 앞서가니
동자승은 뒤따른다.

헛기침하는 큰스님
잔기침하는 동자승

큰스님이 어부바하니
동자승이 통통 달려
덥석 업힌다.

"제법 컸구나!"
"쉬를 안 누어서 그래요."

큰스님 신발은 뚜벅뚜벅
동자승 신발은 달랑달랑

나무하기

지게 진 큰스님과
갈퀴 든 동자승이
앞산 관음봉으로
나무하러 간다.

환히 마중 나온 찔레꽃
수줍어 숨는 진달래꽃

인기척에 놀란 꿩이
푸드덕 날아오르고
그 덕에 소나무는
묵은 잎을 턴다.

고목을 자르는 큰스님
솔가리 모으는 동자승

"좀 쉬자꾸나."
"봐 둔 찔레 순 꺾어 올게요."

———————

솔가리: 말라서 땅에 떨어져 수북이 쌓인 솔잎.
찔레 순: 찔레나무의 순으로 껍질 벗겨 먹을 수 있음.

나뭇단들은 두런두런
갈 바를 궁금해하고
동자승은 나뭇단에
진달래꽃을 꽂는다.

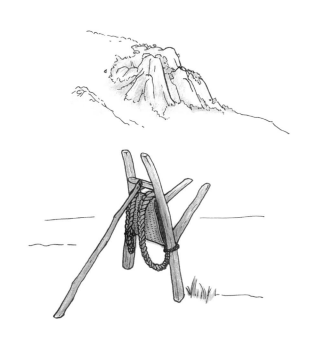

장날

큰스님과 동자승이 바랑 메고
송화 가루 몰고서 하산한다.

동자승 걸음은 두둥실 걸음
큰스님 걸음은 학 다리 걸음

"넘어질라."
"일어서면 돼요."

움직이는 장터에 앉아
팥죽 한 그릇 뚝딱 먹고
큰스님은 이불 사러 가고
동자승은 송아지 구경한다.

"귀엽구나!"
"어미 소가 아기 소를 막 핥아줘요."

솜사탕 든 동자승이 두둥실 날아가고
로켓무늬 이불 진 큰스님이 뒤따른다.

─────────

송화: 소나무의 꽃이나 꽃가루.

감자 놓기

큰스님과 동자승이
밀짚모자 쓰고
텃밭에 감자 심는다.

큰스님이 고랑 속에
나뭇잎 퇴비를 까니

동자승은 고랑 속에
조각 감자를 놓는다.

동자승이 하나하나
감자 이름을 짓는다.
"색·즉·시·공!"

큰스님이 색·즉·시·공을
봄볕 흙으로 덮어간다.

"힘 드느냐?"
"제 로켓이불도 포근해요."

산나물 뜯기

망태 멘 큰스님과 동자승이
뒷산 반야봉으로
산나물 뜯으러 간다.

솔이끼 도톰한 옹달샘에서
노루처럼 물 마시고
포근한 봄 숲에 든다.

큰스님 눈길은 언덕 그 언저리
동자승 노루 눈은 두리번두리번

큰스님이 취나물을 뜯으니
동자승이 고사리를 꺾는다.

수풀 꿩 알은 못 본 척
가만가만 지나쳐주고

새순을 죄다 뜯겨
가을에 벗을 옷 하나 없는
두릅나무 앞에서
동자승이 합장 발원한다.

"맘이 아프느냐?"
"어서 싹을 내 자라라고요."

두릅나무: 산기슭이나 골짜기에 자라며, 어린잎은 먹고, 나무껍질과 뿌리는 약으로 씀.
발원: 신이나 부처에게 소원을 빎.

감꽃 목걸이

동자승이 너럭바위에 앉아
바랭이 풀에 감꽃을 꿰어
감꽃 목걸일 만든다.

"아제아제 바라아제"
흥얼흥얼 까딱까딱
"바라승아제"

동자승이 목걸일 들고
대웅전 돌계단을
낭낭낭 오른다.

법당 부처님 드리고 방긋
마당 석등 주고 싱긋
당당당 계단 내려와
그루터기 주고 쌩긋

너럭바위도 주고픈데
남은 감꽃이 없다.

동자승이 감나무 밑에
턱 괴고 쪼그려 앉아
떨어질 감꽃을 기다린다.

"화담아, 네 것은 없느냐?"
"전 감꽃을 주울 수 있어요."

물맛

동자승이 감나무 밑에
턱 괴고 쪼그려 앉아
떨어질 감꽃을 기다린다.

그 옆 돌수곽 속엔
기다린 시간들이
맴맴 고여있다.

동자승이 흐르는 물을
조롱박에 받아 마신다.
흐 시원하다.

봄 햇살이 든 수곽 속
고인 물도 마셔본다.
흐 부드럽다.

돌수곽: 돌 중앙에 홈을 파서, 물을 담아 마당에 놓는 물건. 절에서 물 마시는 곳.

넘친 물이 간 곳 없다.
감나무가 마셨을까?
감꽃을 먹어본다.
흐 상큼하다.

먹고 또 먹는다.

"화담아, 맛있느냐?"
"감꽃 먹은 오줌 맛이 궁금해요."

빨래하기

큰스님이 개울로 빨래 가니
동자승이 비누통 찾아
바람처럼 쫓아간다.

큰스님 빨랫돌은 불쑥 돌
동자승 빨랫돌은 넓죽 돌

큰스님이 가사를 빠니
동자승은 수건을 빤다.

큰스님이 장삼을 헹구니
동자승은 양말을 헹군다.

"잘 빨아지느냐?"
"제 손이 점점 깨끗해져요!"

가사: 스님의 법의. 장삼 위에 왼쪽 어깨에서 오른쪽 겨드랑이 밑으로 걸쳐 입음.
장삼: 스님의 법의. 검정 혹은 회색 삼베로 길이는 길고 소매는 넓게 만든 웃옷.

무거워진 대야 들고
큰스님이 자리를 터니
가벼워진 비누통 들고
동자승이 일어난다.

연등 달기

큰스님과 동자승이
산수유 산길에
연등 줄을 맨다.

줄에 연등 다는 큰스님
줄에 풍선 다는 동자승

연등 하나 풍선 하나
지극한 다섯 발원

"풍선 등이 예쁘구나."
"큰스님은 이제
오백 년 살 거예요."

동자승이 연등 나르며
연등 이름을 짓는다.
"공·즉·시·색!"

큰스님이 공·즉·시·색을
한 등 한 등 곱게 올린다.

기다림

큰스님은 먼 마을로
시다림 가시고
동자승은 절에 남아
너른 마당을 돈다.

돌이끼를 벗겨보고
꽃잎도 따 보고
개미를 따라가 봐도
큰스님은 안 오신다.

어두운 법당에 계신
부처님께 열 번이나
미소 지어드리고
휑한 댓돌에 앉는다.

시다림: 죽은 사람에게 마지막으로 하는 설법.

"많이 기다렸더냐?"
"가슴에 동굴이 있나 봐요."

큰스님이 동자승을 업고
아함 졸린 마당을 돈다.
이끼·꽃잎·개미는
버얼써 잠들어 있다.

늦잠

큰스님이 새벽 도량석 한다.

사탕 문 동자승이 꿈속에서
부처님 전에 청정수 올린다.

큰스님이 새벽예불 드린다.

구름 탄 동자승이 꿈속에서
부처님 전에 삼배 올린다.

큰스님이 아침공양 짓는다.

"눈이 안 떠지느냐?"
"늦잠이 절 안 놔줘요."

로켓무늬 이불을 돌돌 감고
로켓처럼 앉아 자는 동자승

차린 상을 보로 덮고
풀 뽑으러 가는 큰스님

_____

도량석: 절에서 새벽예불 전에 도량을 청정하게 하기 위해 행하는 의식.
아침공양: 절에서의 아침식사.

발우공양

큰스님과 동자승이
점심공양 한다.

큰스님이 감사 합장하니
동자승도 합장한다.

큰스님이 쑥국을 뜨니
동자승도 달게 뜬다.

큰스님이 묵언하니
동자승도 꼭 묵언한다.

큰스님과 동자승이
청수로 발우를 씻어
발건으로 닦는다.

"기운 나느냐?"
"저도 쑥처럼 쑥쑥 클래요."

발우공양: 스님들의 식사법. 스님의 공양 그릇을 발우라 함.
묵언: 말을 하지 않음.

해우소

한밤중에 큰스님과 동자승이
아래 마당을 가로질러
해우소에 간다.

두껍바위가 움찔움찔
조팝나무가 흐흐흐

오들오들 동자승이
해우소에 들고
큰스님은 불빛이 새는
나무문을 지킨다.

"큰스님, 거기 계셔요?"
"있기도 하고 없기도 하다."
"몸만 있으면 돼요!"

동자승이 급히 나오고
큰스님이 들어간다.

"화담이 거기 잘 있느냐?"
"마음은 방에 갔어요."

─────────

해우소: 근심을 푸는 곳이라는 뜻으로, 절에서 '변소'를 달리 이르는 말.

사불수행

큰스님과 동자승이
누마루를 정갈히 닦고
사불수행 한다.

큰스님 초본은 관세음보살
동자승 초본은 꽃구름

합장 삼배 후
순지 밑에 초본 놓고
붓으로 형상 따라 그린다.

관세음보살님의
상호와 수인은 가늘게
옷자락은 부드럽게

몽실몽실 꽃구름은
노루가 뛰듯 총총
가볍고 탱탱하게

사불수행: 불보살의 형상을 먹 등으로 베껴 그리며 불도를 닦는 데 힘씀.
상호: 얼굴의 형상
수인: 불보살과 선신이 깨달음의 내용을 두 손으로 나타내는 모양.

동자승이 꽃구름을 들고
법당 부처님을 태우러 간다.

"기쁘셨겠구나!"
"로켓도 타시고 싶대요."

큰스님은 관음보살을 사불하고
동자승은 로켓 12호를 그린다.

만화경 세계

절 아랫마을에 사는
동자승 또래 태구가
할머니 따라 절에 왔다.

법당에 든 할머니
마당 석등 옆에 선
목말라 뵈는 태구

동자승이 조롱박에
샘물을 받아다가
태구에게 내민다.

물을 달게 마신 태구가
바지 주머니에서
만화경과 운석을 꺼낸다.

만화경: 원통 속에 긴 3개의 거울을 짜 맞추고 끝을 유리로 막은 장난감. 색유리 조각의
영상이 거울에 비쳐 대칭 무늬를 이루는데, 색유리 조각이 들어있는 부분을 돌리면 무늬
가 끊임없이 변함.

흔들림도 심심한 반복도
꽃이 되는 만화경 세계
우주에서 혼자 날아온
용감한 돌 운석

만화경에 빠진 동자승에게
태구가 돋보기를 주고 간다.

"화담아, 정신 돌아왔느냐?"
"꿈에서 다시 볼래요."

연꽃

가사 장삼을 수한 동자승이
법당에서 혼잣말 놀이한다.

"난 꽃구름이다! 넌 누구냐?"
"난 솔바람! 연꽃 보러 가자."

솔바람이 꽃구름을 도와
싱그러운 연못에 이른다.

오랜 잠수 후
숨 쉬는 기쁨으로
꽃봉오릴 여는 연꽃들
꽃잎 속에 광채를 품었다.

두 눈 감은 채
소담한 연꽃이 된 동자승
법당에 든 큰스님이 깨운다.

수하다: 가사 따위를 걸쳐 입다.
광채: 찬란한 빛.
사시예불: 오전 9시부터 11시 사이에 드리는 예불.

"연꽃 가져왔느냐?"
"투명해서 안 보여요."

큰스님과 동자승이
상단 화병을 우러르며
사시예불을 드린다.

낮잠

비가 주룩주룩 내린다.

큰스님은 가부좌하고
금강경을 독송하고
자리에 누운 동자승은
가물가물 잠들고 있다.

비가 주룩주룩 내린다.

큰스님은 금강경에 들고
잠 깬 동자승은 돌아누워
벽지무늬 반복에 빠져있다.
꽃이 밭을 이룬 세계

비가 주룩주룩 내린다.

금강경: 금강반야바라밀다경. 지혜에 관한 불경으로 우리나라 조계종의 기본 경전.

큰스님은 경을 다시 읽고
일어난 동자승은 빙그레
큰스님 옷깃 향냴 맡는다.

"잘 잤느냐?"
"전 커서 큰스님 될래요."

돋보기

동자승이 그루터기에
공처럼 앉아 돋보기로
장마 끝 햇볕을 모은다.

큰스님은 텃밭에서
오이 이랑을 북돋운다.

동자승이 모은 햇살을
그루터기 틈새로 밀어
눅눅한 개미집을 말린다.

개미들이 구멍에서 나와
무슨 일인지 두리번댄다.

무안해진 동자승이
텃밭으로 내달린다.

"개미가 좋아하더냐?"
"개미들 낮잠만 깨웠어요."

합장과 성호

큰스님과 동자승이
점심공양을 준비한다.

수저 두 벌을 더 놓은
큰스님이 산길에 쉬는
두 등산객을 모셔온다.

나물 상을 앞에 놓고
두 스님은 합장하고
두 손님은 성호 긋는다.

기운 얻은 두 손님은
합장 후 떠나가고
상을 치운 두 스님이
해우소에 간다.

성호: 천주교 신자가 기도하거나 제의에 참여할 때 자신의 신앙 고백을 목적으로 손으로
긋는 '十' 자 표.

해우소 조팝나무 울 밑이
어느새 말끔해져 있다.

"손님들이 잔풀을 뽑았구나."
"저도 성호 그어 볼래요."

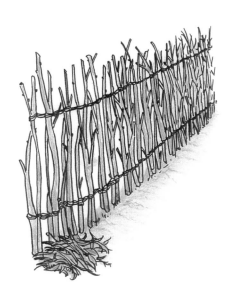

친구네

동자승이 산 아래
친구네로 놀러 간다.

풀숲 까마중 열매를
냠냠 따먹으며
산길을 날아간다.

"태구야, 노올자."
너른 여름 마당엔
친구 대답은 없고
세 마리 거위가 있다.

'으응, 없네.'
허전함 속으로 꽥
달려드는 거위들

거위에 쫓긴 동자승이
걸음아 날 살려라!
산길을 뛴다.

까마중: 가짓과에 속하는 일년생 식물. 꽃은 흰색이며, 열매는 구형으로 검게 익는다.

뭐라뭐라 호통치며
돌아가는 거위들

동자승이 터덜터덜
큰스님 품에 안긴다.

"무섭더냐?"
"친구가 장에 갔나 봐요."

대추 따기

큰스님과 동자승이
마당 대추를 딴다.

장대로 대추 터는 큰스님
쪼르륵 대추 줍는 동자승

붉은 대추 알록 대추
도독도독 떨어진다.
통통한 애벌레 쐐기도

얼결에 털린 쐐기들이
아무 데나 기어간다.
막대로 병 속에
쐐기 모으는 동자승

쐐기: 쐐기나방의 애벌레. 몸은 짧고 굵으며, 독침이 있어 쏘이면 몹시 아픔.

큰스님이 대추 통 들고
곳간으로 가니
동자승은 쐐기 병 들고
대추나무로 간다.

"쐐기들 집 데려다줬느냐?"
"큰일 날 뻔했어요!"

더불어

몸집 큰 까치가
헌식돌 위 잿밥 먹고
국화 쪼며 깍깍댄다.

먼발치 아기 박새가
지켜보길 포기하고
법당으로 날아드니

먼저 든 다람쥐가
밤 한 톨 물고
문턱 넘어 나가준다.

불단 태구네 공양미를
박새가 촐랑 쪼는데
법당에 든 동자승

헌식돌: 죽은 사람의 명복을 비는 의식이 끝난 뒤 잡귀에게 음식을 베풀며 경문을 읽는 곳.
공양미: 부처님께 공양으로 바치는 쌀.

"흘리지 좀 말고 먹어!"
박새가 무안해 나간다.

동자승이 바닥 쌀을 쓸어
마당서 삐이삐 울어대는
박새에게 던져준다.

옛이야기

옛날 어느 젊은 스님이
묘령을 넘고 있었다.

해거름 발길을 재촉하며
산길을 걷는데 저만치
호랑이가 나타났다.

오싹한 마주침에 스님은
뒤돌아 뛰고 싶었지만

합장 후 목탁 염불로
호랑이 맘을 재우며
느릿느릿 그를 지났다.

스님은 호랑일 지나서도
그의 복을 축원하며
무사히 고개를 넘었다.

"이야기가 재밌느냐?"
"저도 토닥토닥 재워주세요."

잣 까기

큰스님과 동자승이
너럭바위에 앉아
톡탁톡탁 잣을 깐다.

큰스님 망치는 잣 망치
동자승 망치는 종 망치

세게 말고 가만히 말고
잣 껍데기만 깨지도록 톡!

동자승의 잣알은 늘
바삭 깨져 개미 밥

"어려우냐?"
"개미가 배불러 해요."

큰스님 바구니엔 잣알이 가득
동자승 발밑엔 개미가 가득

뱀

삭발한 밤톨 동자승이
민들레 솜털을
온 천지로 불어대며
산신각 계단을 오른다.

인기척에 놀란 뱀이
부리나케 도망가고
그 덕에 바랭이 풀은
여문 씨앗을 턴다.

급히 도망가던 뱀이
가다 말고 휙 돌아
얼음 동자를 확인하고
느릿느릿 제 길 간다.

―――――――

산신각: 절에서 산신을 모시기 위해 따로 마련해 둔 집.

동자승이 산신님 전
콩닥콩닥 삼배하고
사탕 봉지 붙들고
소나무 밑을 살핀다.

"서로 놀랐겠구나."
"뱀이 저를 아나 봐요!"

귀가

동자승이 산 아래
친구네서 놀다 간다.

사이좋게 곱게 핀
향긋한 꽃을 거두며
낭낭낭 산길을 오른다.

친구네 평상 마당엔
거위들은 개울 가고
친구 태구가 있었다.

만화경의 꽃세계를
마음껏 구경하고
친구가 아끼는 돋보긴
돌려주고 왔다.

평상: 대쪽이나 나무로 만든 침상으로 밖에다 내어놓고 쉴 수 있도록 만든 것.

부처님 전에 꽃 올리고
갸웃갸웃
까불어 드리고 나와
팔랑팔랑
큰스님께 안기는 동자승

"좋아 보이는구나."
"친구랑 팥죽 먹었어요."

말 안 듣는 부처님

쌀자루 진 큰스님과
김치통 든 동자승이
묘적암 산길에 든다.

숲 속 밋밋한 절벽에서
반 튀어나온 돌부처님은
오늘도 코가 없으신 채
빙그레 웃고 계시다.

절벽 속으로 쑥 물러났다
앞으로 끄응 나오면
코가 생길지 모르니
그리하라 알려드렸건만
부처님이 통 말을 안 듣는다.

"속상하겠구나."
"저는 말 잘 들을게요."

묘적암에 머물 스님이
오솔길로 뛰어나와
큰스님 지게를 받아진다.

산신탱화

동자승이 산신각 탱화 속
산신과 호랑이에 빠져있다.

보고 또 봐도 산신님은
인자한 큰스님을 닮았다.

우스꽝스러운 호랑이는
옛날 옛적에 큰스님이
묘령에서 만났던
그 호랑이일지 모른다.

그림 속 신령스런 소나무는
산신각 옆 소나무 같고
복숭아 동자는 자신 같아서

나무계단을 방방 내려와
큰스님을 멀뚱히 우러른다.

"뭘 보느냐?"
"큰스님이 산신인가 봐요!"

———————

탱화: 불교의 신앙 대상이나 내용을 그린 그림.

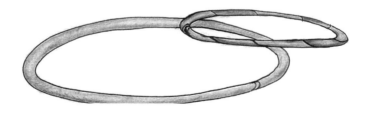

훌라후프

큰스님과 동자승이
훌라후프를 돌린다.

큰스님 후프는 푸른 하늘
동자승 후프는 태극 물결

허리를 돌리니
후프가 돌고
반야봉이 돈다.

욕심을 버리니
후프가 절로 돈다.

가만 눈을 감으니
후프도 몸도 사라지고
보드라운 기쁨만 남는다.

"좋아 보이는구나."
"제가 자꾸 없어져요!"

동지 풍경

큰스님과 할머니들이
대중 방에 둘러앉아
하얀 새알을 빚는다.

동자승과 새댁들이
무쇠솥을 둘러싸고
붉은 팥죽을 젓는다.

신도들 고운 옷에
우스갯소리가 묻고
장작불이 튀고
팥물이 튀어 아롱다롱

다 함께 팥죽 한 그릇
까막까막 기다릴
집 식구 것은 두 그릇

"흐뭇한 풍경이구나."
"부처님이 흐 웃으셔요."

동지: 24절기의 하나. 양력 12월 22일 경이며, 일 년 중 밤이 가장 긴 날. 동짓날에는 팥죽을 쑤어서 조상께 감사하고, 집안 곳곳에 놓아 악귀를 쫓고, 이웃과 나누어 먹는다.

꼬리연

동자승이 마루에 앉아
가오리연을 만든다.
한지에 살대 붙이고
연 꼬릴 늘려간다.

연줄 쥔 동자승이
내리막길을
오도도 달려
아래 마당을 뱅뱅 돈다.

동생처럼 졸졸졸
뒤따르는 꼬리연

그루터기가 돌고
너럭바위가 돌고
마당에 가득 뿌려진
헉헉거림도 따라 돈다.

"신나느냐?"
"아기 연이라 높이는 못 떠요."

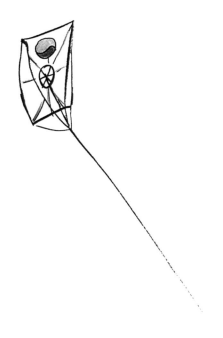

방패연

묘적암 효담 스님이
만들어 온 방패연에
입 벌어진 동자승

스님이 얼레 돌려
연을 동동 띄운다.

연은 참 시원하겠다.
옹달샘 노루도 보고
태구네 거위도 보고
장터 소도 보고

내려오길 버티던 연이
바람에 삐끗 턱
감나무에 걸렸다.

"아이고!"
"까치밥이 먹고 싶나 봐요."

까치밥: 까치 따위의 날짐승이 먹으라고 따지 않고 몇 개 남겨 두는 감.

나무불고구마

큰스님과 동자승이 나란히 앉아
무쇠솥 아궁이에 불을 지핀다.

얼키설키 쌓은 장작 속에
솔가리 넣고 불을 붙이니
타닥타닥 불길이 솟는다.

검불투성이 큰스님과
검댕투성이 동자승이
고구마처럼 익어간다.

"얼굴이 빨갛구나."
"불이 몸속으로 들어갔어요."

큰스님은 삶은 고구마를 먹고
동자승은 나무불고구마 먹는다.

검불: 마른풀이나 가랑잎, 지푸라기 따위를 말함.
검댕: 그을음이나 연기가 맺혀서 생긴 검은 빛깔의 물질.

눈 풍경

큰스님이 넉가래 들고
흰빛 세상을 바라본다.

눈 덮인 솔잎
드러난 노송 줄기
어울림이 장엄하다.

동자승이 빗자루 들고
흰빛 세상을 본다.

배고픈 박새 날갯짓에
맹감 위 눈덩이는
무너지는 시늉 한다.

넉가래로 산길을 트는 큰스님
빗자루로 길을 다듬는 동자승

넉가래: 곡식·눈 따위를 한곳에 밀어 모으는 데 쓰는 기구.
맹감: 작고 동그란 열매로 붉게 익으며 새들의 먹이도 됨.

큰스님이 태구네 길도 터주니
동자승이 쌀을 산길에 뿌린다.

"기특하구나."
"박새는 쌀알을 좋아해요."

신바람

큰스님과 동자승이 계곡에서
대빗자루 썰매를 탄다.

큰스님 신발은 털고무신
동자승 모자는 방울모자

앞서 빗자루 끄는 큰스님
앉아 빗자루 타는 동자승

달리던 큰스님이 휘청대니
동자승이 미끌미끌 웃는다.

두 스님이 신바람 나니
방울도 계곡도 신난다.

"즐거우냐?"
"큰스님 털신도 신났어요!"

태구네 할머니

동자승이 눈 숲에서
빨간 맹감을 찾아
법당 영단에 올린다.

영정 속 할머니가
팥죽 퍼주던 미소로
동자승을 반긴다.

목마른 태구 같다.

동자승이 지장 전에
할머니 명복을 빌며
공손히 절을 올린다.

법당 밖
문상객 박새들이
'영가 전에' 노래한다.

"좋은 곳으로 가셨느냐?"
"태구랑 즐겁게 지내래요."

_____

영정: 사람의 얼굴을 그린 족자.
지장: 지장보살의 준말. 천상에서 지옥까지의 일체중생을 교화하는 대자대비의 보살.

두 도둑

그음밤 낯선 기척에
큰스님과 동자승이
대웅전 층계를 오른다.

어둠 속
놀란 법당 문은
입 다물지 못하고
석등은 헉 얼어있다.

저만치 두 그림자가
법당 목각탱화를 훔쳐
질질 끌고 간다.

'관세음보살' 염불 후
큰스님이 부탁한다.
"끌지 말고 모셔 가세요."

──────────

기척: 누군가가 있는 줄을 알 수 있게 하는 소리나 기색.

콩닥콩닥 동자승도 부탁한다.
"부처님, 주무셔야 해요."

먼발치 흔들리던 두 그림자

탱화를 대추나무에 기대 두고
빈손으로 사라진다. 총총

긁힌 자국

불공드리러 온 서울보살이
네 살배기 딸 본유랑
대웅전을 치운다.

조심히 비질하는 서울보살
밀걸레로 왔다 갔다
제 웃음 닦는 본유

본유가 밀고 간 자리
바닥들이 긁혀있다!

깜짝 놀란 엄마가
얼결에 아이를 때린다.
법당을 경외하여 잠시
부처님 법을 잊었다.

당황한 보살을 큰스님이 구한다.
부처님은 벌주는 분이 아니며
"탱화에 끌린 자국입니다."

―――――――――

보살: 불교 여신도를 높여 이르는 말.
경외하다: 공경하면서 두려워하다.

86

풀 죽은 본유를 동자승이 세운다.
"우리 숨바꼭질하자."

숨바꼭질

이히히 동자승과 본유가
마당서 숨바꼭질한다.

두 팔 벌린 문 뒤에 숨고
부푼 석등 뒤에 숨고
찾고 까르르 숨고 쿡쿡

동자승이 불단 밑에
두근두근 숨었다.
암만해도 못 찾겠다.

본유가 부처님께 여쭙는다.
"동자스님 어디 숨었지요?"

마음 가려운 동자승이
살금살금 나와주다
본유와 딱 마주쳤다.

"아이고!"

지팡이와 새끼줄

초하루 법회 날 아침

털신 신은 동자승이
지팡이 다발과
새끼줄을 들고
눈길 따라 하산한다.

길가 황소 무덤에
합장 일 배하고
소를 기리며 간다.

절의 공양미를 싣고
산길을 혼자 오가며
신도를 돕던 황소

동자승이 산 입구에
지팡이와 새끼줄을
짝 맞춰 나란히 두고
낭낭낭 되돌아간다.

이제 노보살님들은
빙판길도 끄떡없다.
신발에 새끼줄 감고
지팡이 짚으면 땡!

"화담아, 춥진 않았더냐?"
"소는 털신도 없었어요."

대보름 장

큰스님과 동자승이 바랑 메고
대보름 장 보러 하산한다.

산길엔 흰빛이 물러가고
온갖 색이 드러나 있다.

큰스님 걸음은 푸른 솔 걸음
동자승 걸음은 빨간 맹감 걸음

묵나물이 기지개 켜는 장터
뜨거운 호떡을 하나씩 먹고
큰스님은 과일 사러 가고
동자승은 양말 구경한다.

묵나물: 제철에 뜯어서 말려 두었다가 이듬해 봄에 먹는 나물.

"노란 양말이 신고프냐?"
"제 발이 민들레 될지 몰라요!"

큰스님의 양말을 몰래 산
동자승이 두둥실 떠가고
노란 양말을 산
큰스님이 뒤따른다.

민들레꽃 두 송이

노란 양말을 신은 동자승이
법당으로 이히히 날아간다.

법당마루에 두 다리 뻗고
부처님 전 양말을 보여드린다.

노란 발 박수도 쳐 드리고
두 다리 번쩍 들어
민들레꽃 두 송이를 피운다.
하늘하늘 바람 타는 꽃송이들

"기뻐하시더냐?"
"진달래꽃도 보고 싶대요."

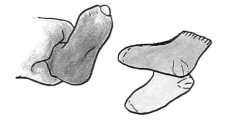

양말

노보살님들이
동자승 양말을 보며
함박 웃음꽃을 피운다.

"스님, 노란 양말이 곱습니다."
"민들레꽃이에요."
"스님, 진분홍 양말이 곱습니다."
"진달래꽃이에요."

"스님, 오늘은 무슨 꽃입니까?"
"돌부처님이에요."
"엄지 코에 구멍이 났는데요?"
"숲속 코 없는 돌부처님이에요."

.

따라쟁이

큰스님과 동자승이
그루터기에 나란히 앉아
해바라기 한다.

큰스님이 숨을 깊게 쉬니
동자승도 깊게 쉰다.

큰스님이 까치밥 빈 꼭지를 보며
빙그레 웃으니 동자승도 웃는다.

"어허 이놈, 왜 따라 하는고?"
"전 감꼭지 안 봤어요. 빙그레 봤어요!"

———————

까치밥: 까치 따위의 날짐승이 먹으라고 따지 않고 몇 개 남겨 두는 감.

작품 후기

깊은 산속
절에 사는 동자승은
큰스님 따라 배웁니다.

감자 놓기
장작불 때기
사불수행을

깊은 산속
절에 사는 동자승은
자연에서 느낍니다.

어미 소의 사랑
물맛의 달라짐
겨울 박새의 배고픔을

깊은 산속
절에 사는 동자승은
혼자서 깨닫습니다.

남을 씻기면
제 손이 깨끗해지며
욕심을 버리면
후프가 절로 도는 것을

동자승은 오늘도
개미·쐐기를 돌보며
큰스님 따라
빙그레 웃습니다.

2016년 08월 진아난

『따라쟁이』 속 깨달음

남을 씻기면 자신의 손도 깨끗해진다.
나무는 죽어서도 땔감이 된다.
그리움은 마음의 여백이다.
그냥 거기 둘 때 아름답다.
세상에 나 아닌 것은 없다.
기다리면 발사된다.
본성을 알면 맹수도 재울 수 있다.
동심은 낮잠 한잠에도 자란다.
이름 얻은 감자는 땅속에서 기쁘다.
어미 소는 새끼의 똥 딱지도 핥아준다.
두릅나무의 꿈까지 꺾어가지 말라.
다리 없는 것들의 다리가 되어주라.
햇살이 든 물맛은 다르다.
물은 아래로만 흐르지 않는다.
자신이 뭘 먹고 있는가를 보라.
심심한 일상도 고운 꽃이다.
그루터기는 개미를 키워낸다.
대추나무의 주인은 대추나무다.
쐐기네 집은 대추나무다.
새들도 자신의 덩치를 안다.

내 실패가 남을 도왔다면 실패가 아니다.
잔풀을 뽑아내면 고운 흙이 드러난다.
돌부처님은 코를 떼이고도 웃으신다.
욕심을 버리면 후프가 절로 돈다.
허전함이 무서움보다 더 질기다.
너로 인해 놀랐을 뱀을 생각해 보라.
우리도 아름다운 풍경이 되자.
전통을 수용하면 오늘이 풍요롭다.
낮게 뜬 연은 나를 따른다.
높게 뜬 연은 감나무에 걸릴 수 있다.
대접하면 도둑도 뉘우친다.
남을 위함이 곧 나를 위함이다.
엉겁결에 맞은 뺨은 용서해 주라.
자비로운 부처님은 벌주는 분이 아니다.
숨바꼭질할 땐 너무 꼭꼭 숨지 말라.
내가 신나면 산천도 신난다.
동심은 본마음이여 예쁘다.
빙그레는 자비의 꽃잎이다.